팥빙수 눈사람

펑펑 ②

글 ◆ 나은

『팥빙수 눈사람 펑펑』으로 작품 활동을 시작했습니다. 새롭고 재미있는 이야기를 만들기 위해 뭉친 크리에이터 그룹 '구름의가능성'에 소속되어 있습니다. 다정한 마음으로 첫눈처럼 반갑고 포근한 이야기를 쓰고 싶습니다.

그림 ◆ 보람

그림책 작가입니다. 공동체 미술 강사, 마을 활동가, 초상화 작가, 이모티콘 작가 등 세상에 스며들기 위해 할 수 있는 활동들을 이어 왔습니다. 작품으로 『파닥파닥 해바라기』『모두 참방』『고양이 히어로즈의 비빔밥 만들기』『완벽한 계란 후라이 주세요』『거꾸로 토끼끼토』『마음 기차』 등이 있습니다.

팥빙수 눈사람 펑펑 2

초판 1쇄 발행 2025년 2월 21일

지은이 나은 | **그린이** 보람
펴낸이 염종선 | **기획·편집** 기획사업부 | **디자인** 로컬앤드 이재희 | **조판** 박아경 | **펴낸곳** ㈜창비
등록 1986. 8. 5. 제85호 | **제조국** 대한민국 | **주소** 10881 경기도 파주시 회동길 184
전화 031-955-3333 | **팩스** 031-955-3399(영업) 031-955-3400(편집)
홈페이지 www.changbi.com | **전자우편** plan@changbi.com

© 창비 2025
ISBN 978-89-364-4890-5 73810

팥빙수 눈사람 펑펑 ②

나은 동화
보람 그림

창비

차례

펑펑과 스피노

팥빙수산은 사계절 내내 하얀 눈으로 뒤덮인 모습이 꼭 팥빙수처럼 보여서 팥빙수산이라는 이름이 붙었어. 고소한 우유와 달콤한 단팥 향이 폴폴 풍기는 것 같았지.

팥빙수산 꼭대기에는 눈사람 마을이 있어. 눈사람 마을 가장 안쪽, 입구에서는 잘 보이지 않는 곳에 눈사람 안경점이 있지. 안경점 안에서 노랫소리가 흘러나왔어. 음정과 박자가 죄다 멋대로인 이상한 노래가.

"나는 곱슬머리 북극곰 스피노~ 펑펑, 새로운 춤도
연습했는데 한번 봐 줄래? 손님이 왔을 때 환영의 의미
로 추려고 해."

북극곰 스피노는 노래에 맞춰 양손을 앞으로 쭉 뻗고
둥글게 돌렸어. 펑펑은 고개를 절레절레 저었어.

'역시 들을 때마다 적응이 되지 않아. 세상에 하나밖에 없는 노래인 건 틀림없겠어.'

펑펑은 심각한 표정으로 표지에 '방방곡곡'이라고 대문짝만하게 쓰여 있는 잡지를 보고 있었어. 잡지에서 눈을 떼지 않은 채 펑펑이 입을 열었어. 스피노는 오디션을 보는 것처럼 긴장했지.

"나쁘지 않아. 지난번에 보여 주었던 '반갑곰' 춤보다 낫네. 그땐 펄쩍펄쩍 뛰는 바람에 안경점이 흔들렸잖아."

"정말? 얼른 손님이 오면 좋겠다. 빨리 춤을 보여 주고 싶어. 그나저나 뭘 그렇게 열심히 보는 거야?"

스피노가 펑펑의 곁에 다가왔어. 펑펑은 크게 한숨을 내쉬었지. 펑펑의 숨결이 스피노의 오른손에 닿자 털이 빳빳하게 얼어붙었어.

"이번에도 만국의 새로운 글이 실리지 않았어. 무슨

일이 생긴 걸까?”

　“만국? 만국이 누군데?”

　“북쪽 끝에서 남쪽 끝까지 곳곳의 여행 정보를 싣는 잡지 『방방곡곡』에서 가장 인기 많은 여행가야. 만국은 만 개의 국가를 여행한다는 뜻이지. 전 세계를 돌아다니며 겪은 일들을 글로 써. 일주일에 한 편씩은 꼭 글이 실렸는데 벌써 두 달째 소식이 없어.”

스피노는 만국을 잘 몰랐지만 우울해하는 펑펑에게 힘이 되어 주고 싶었어. 곁으로 다가가 펑펑을 쓰다듬었어. 둥근 머리를 둥글게 둥글게. 하지만 펑펑의 기분은 좀처럼 나아지지 않았어.

그때 좋은 생각이 떠올랐어. 펑펑이 제일 좋아하는 건 빙수야. 스피노는 그릇 위에 눈을 수북하게 쌓았어. 그러고는 냉장고 문을 벌컥 열었지. 냉장고를 뒤적이자 한 가지 재료가 보였어. 그걸 쌓인 눈 위에 살포시 얹으니 근사했어. 스피노는 직접 만든 빙수를 들고 펑펑에게 다가갔어.

"펑펑, 이것 좀 먹어 봐. 기분이 좋아질 거야."

"이, 이건……."

"맞아. '눈물 콧물 줄줄 빙수'야. 매운 음식이 스트레스를 푸는 데 최고라잖아. 눈물에 콧물까지 쫙 빼고 나면 기분이 한결 나아질 거야."

빙수 위에는 새빨갛고 매끈한 고추가 얹혀 있었어. 어떤 빙수든 좋아하는 펑펑이지만 입맛이 싹 사라졌지.

"고마워, 스피노. 하지만 배가 별로 고프지 않아."

"그래? 그럼 내가 먹는 수밖에. 배가 고프면 말해. 언제든 만들어 줄게."

스피노는 펑펑이 말릴 새도 없이 고추를 와작 씹었어. 그리고 잠시 후 눈물을 흘리며 안경점 안을 펄쩍펄쩍 뛰어다니기 시작했어.

"펑펑, 너무 매워. 이렇게 매울 줄 몰랐다고! 혀가 얼얼해."

"그건 세계에서 8번째로 매운 고추야. 얼른 우유를 마셔!"

펑펑이 냉장고로 달려가던 그때 누군가 안경점의 문을 똑똑 두드렸어. 문을 열고 들어온 사람은 펑펑이 아주 잘 아는 얼굴이었어.

"……만국?"

사라졌던 만국이었어. 찰랑거리는 긴 생머리와 반질반질 윤이 나는 빨간색 부츠는 요리 보고 조리 봐도 틀림없었어. 펑펑은 스피노에게

우유를 가져다주는 것도 잊고 멍하니 서 있었어. 펑펑의 심장이 내리막길을 내려가는 썰매만큼이나 빠른 속도로 뛰었어. 그토록 기다리던 만국이 마법처럼 안경점을 찾아온 거야.

"이 안경점에서는 보고 싶은 건 무엇이든 볼 수 있다고 들었어요."

"아, 맞아요. 저는 눈사람 안경점의 주인 펑펑이에요. 제가 만든 안경에는 신비한 힘이 깃들거든요. 안경을 쓰면 무엇이든 볼 수 있어요. 이미 지나간 과거도, 미래의 모습도, 혹은 누군가의 마음속까지도."

얼굴이 벌겋게 달아오른 스피노도 덧붙였어.

"제가 얼음을 깎아, 쓰읍, 렌즈를, 쓰으읍, 만들어요. 후, 매워. 날카롭고 단단한 발톱으로 얼음을 잘 깎을 수 있거든요."

만국은 흥미롭다는 듯 펑펑과 스피노를 번갈아 쳐다

보았어. 유연한 동작으로 긴 머리카락을 뒤로 휘릭 넘기며 말했지.

"그렇다면 제 마지막 여행을 두 분께 요청해야겠군요."

마지막 여행을 부탁해

만국의 마지막 여행이라니. 펑펑은 놀란 마음을 숨기며 물었어.

"무, 무엇을 보고 싶으신가요?"

하지만 말을 더듬고 말았지. 스피노는 평소와 다른 펑펑의 모습에 어리둥절할 뿐이었어.

"여행을 다니며 여행지의 모습을 글에 담고 소개하는 게 제 일이었죠. 자유롭게 이곳저곳을 돌아다니고 새로운 사람들을 만나는 게 좋아서 시작했는데 이젠…… 그만하려고요.”

“안 돼요!”

펑펑의 심장이 덜컹 내려앉았어. 아니, 내려앉는 것 같았어. 손님이라는 사실도 잊고 안 된다고 외치고 말았지. 만국이 놀란 표정으로 펑펑을 쳐다보았어. 당황해서 아무 말도 못 하는 펑펑 대신 스피노가 물었어.

“왜요?”

“즐겁고 신나는 일도 계속하면 재미가 없어지나 봐요. 마지막으로 처음 여행했던 기억을 떠올리고 싶어서 왔어요. 그때 보았던 바다가 정말 파랗고 맑았거든요. 답답한 속이 뻥 뚫릴 만큼. 그때 그 풍경을 다시 보고 싶네요.”

만국은 쓸쓸하게 웃었어. 스피노는 사실 이해가 되지 않았어. 춤추고 노래하는 건 매일 해도 즐거웠거든.

“좋아요, 제가 안경을 만들어 드릴게요.”

펑펑은 애써 태연한 척했어. 손님이 원하는 장면을
보여 주는 게 펑펑의 일이니까.

펑펑과 스피노는 얼음 창고에 들어갔어. 펑펑은 한가
득 쌓인 눈을 꾹꾹 뭉치기 시작했지. 만국에게 딱 어울
리는 망원경을 만들었어. 힘이 넘쳤던 만국이 기쁨을

되찾았으면 하는 바람을 가득 담아.

스피노는 숨겨 놓았던 발톱을 꺼내 얼음을 단숨에 갈았어. 커다란 얼음덩어리는 금세 작고 납작한 렌즈가 되었지. 펑펑은 스피노가 만든 렌즈를 조심조심 안경테에 끼워 넣었어. 호 하고 입김을 불자 망원경이 더욱 꽁꽁 얼어붙었어. 렌즈에서 영롱한 빛이 뿜어져 나왔어.

"펑펑, 어쩐지 입김에 힘이 없어."

"손님이 행복해지는 게 내가 가장 바라는 거지만…… 이제 만국을 볼 수 없다니 속상한 건 사실이야."

"벌써 속상해할 필요는 없어. 안경으로 원하는 장면을 보고 나면 마음이 바뀔지도 모르잖아!"

"네 말이 맞아, 스피노. 기운 내 볼게."

펑펑은 창고 문을 열었어. 만국은 가게 벽에 장식된 안경들을 구경하고 있었어. 펑펑이 나오자 의자에 앉았지.

"주문하신 안경이에요."

만국은 망원경을 들여다보았어. 크게 심호흡을 하자 점점 피어오르는 아지랑이가 보였지. 만국의 첫 여행지는 기온이 40도에 이르는 엄청나게 더운 나라였거든. 눈앞의 광경이 어찌나 생생한지 뜨거운 햇볕이 느껴지는 것 같았어. 곧 드넓은 해변이 펼쳐지면 이 더위도 싹 사라질 거야.

하지만 기대와 달리 만국의 앞에는 다른 장면이 보였어. 짧은 머리에 두건을 쓴 과거의 만국이 땀을 뻘뻘 흘리며 국자로 커다란 냄비를 휘젓고 있었지. 만국이 고개를 갸웃거렸어.

"……어?"

펑펑과 스피노는 침을 꼴깍 삼켰어. 안경에 무슨 문제가 있는 건지 걱정이 되었어. 둘은 몸을 딱 붙이고 만국이 듣지 못하도록 속삭였어.

"펑펑, 안경에 문제가 생긴 걸까? 렌즈는 평소와 다름없이 반질반질하게 갈렸어. 얼마나 매끈한지 건네주려다가 떨어뜨릴 뻔했어."

"안경테도 꾹꾹 잘 뭉쳤는데. 혹시 내 입김이 너무 약했던 걸까. 안경에 렌즈가 제대로 붙지 못했나 봐."

펑펑이 두 눈을 꼭 감고 절망에 빠지려는 찰나, 만국이 외쳤어.

"이거야!"

기가 막힌 타이밍으로 망원경이 녹아내렸어. 안 그래도 진한 만국의 쌍꺼풀이 더욱 진해져 있었지. 만국은 벌떡 일어나 스피노를 끌어안으며 외쳤어.

"다음 글의 주제를 찾았어요."

만국의 목소리는 처음 인사를 건넬 때보다 훨씬 힘이 넘쳤어.

"오래전 뜨거운 햇볕이 내리쬐는 나라로 여행을 떠

낮어요. 돌 위에 달걀을 깨면 달걀프라이가 될 만큼 더웠죠. 땀으로 온몸이 끈적할 때 나를 위로해 준 건 해변이 아니었어요. 달고 시원한 코코넛! 코코넛이었어요."

스피노가 펑펑의 귀에 대고 작은 목소리로 물었어.

"펑펑, 코코넛이 뭐야?"

눈사람 마을에 사는 펑펑도 열대 지방에서 자라는 열매인 코코넛을 본 적은 없었어. 하지만 어디선가 들어본 적은 있었지.

"음, 까칠까칠한 껍질로 덮인 열매야. 겉껍질이 엄청 단단한 게 특징이지."

둘의 떨떠름한 반응에도 굴하지 않고 만국은 계속 말을 이었어.

"그 나라에 머무는 동안 온갖 요리에 코코넛을 넣었어요. 코코넛을 넣고 지은 밥, 코코넛 과육을 잘라 끓인 수프, 코코넛과 햄을 얹은 피자……. 그리고 그걸 사람

들과 나눠 먹을 때 정말 행복했어요. 그러니 앞으로는 다양한 요리법을 개발하고 소개할 거예요."

"네? 요리라고요? 하지만 만국 님의 꿈은 만 개의 국가를 여행하는 거였잖아요."

펑펑의 말에 만국은 어리둥절한 표정으로 말했어.

"꿈? 그랬죠, 참. 하지만 꿈은 언제든 바꿀 수 있어요. 저희 할머니는 여든 살에 등산가가 되셨고, 아버지는 요즘 발레를 배우는걸요. 내가 즐거우면 그뿐이에요."

만국은 당당했어. 펑펑은 요리하는 만국을 떠올려 보았지. 우람한 팔뚝으로 프라이팬을 든 모습이 제법 잘 어울리기도 했어. 긴 머리카락과 빨간 부츠는 조금 방해가 될 것 같았지만.

　"그렇다면 저도 만국 님이 무슨 일을 하든 계속 응원할 거예요."

　"고마워요."

　만국이 펑펑에게 손을 내밀었어. 펑펑은 만국의 손을 마주 잡았지. 그다음 만국은 스피노에게 손을 내밀며 말했어.

　"스파게티 님께도 감사해요."

　"스파게티……? 제 이름은 스피노라고요!"

　"앗, 실수예요. 첫 번째 요리 메뉴를 고민하다가 그만. 사과의 의미로 스피노 님의 이름을 딴 요리를 개발해 볼게요."

잠시 뾰로통했던 스피노는 만국의 말에 다시 환하게
웃었어.

"정말요? 내 이름을 딴 메뉴라니. 너무 근사하잖아!
요리의 인기가 많아지면 저도 유명해질 수 있겠죠?"

만국은 가방에서 짙은 갈색의 동그란 열매를 꺼냈어.

"생각해 보니 오늘 안경값으로 가져온 재료도 코코
넛이네요. 코코넛 빙수 개발을 부탁할게요."

펑펑에게 코코넛을 건넨 만국은 찰랑거리는 긴 머리
카락을 유연한 동작으로 휘릭 넘
긴 뒤 홀가분한 표정
으로 돌아갔어. 펑펑
은 떠나는 만국의 뒷
모습을 보며 생각했어.

'뭐가 됐든 만국이 행복
해 보여서 다행이야.'

한편 스피노는 펑펑이 손에 든 코코넛에서 눈을 떼지 못하고 있었어.

"펑펑, 당장 쪼개서 먹어 보자. 엄청 맛있을 거 같아."

스피노가 코코넛을 잡으려는 순간, 펑펑이 쏙 피했어.

"안 돼. 이건 오래도록 간직할 거야."

스피노는 입맛만 다셨어. 어쩔 수 없었지. 펑펑은 아끼는 재료를 냉장고에 쟁여 두는 고약한 버릇이 있거든.

"이젠 자리도 없는데……. 곧 냉장고가 터지겠어!"

다음 날 새벽, 스피노는 살금살금 발소리를 죽여 냉장고로 향했어. 냉장고 한가운데 탐스러운 코코넛이 놓여 있었지. 스피노는 코코넛을 꺼내서 발톱으로 내리쳤어.

펑.

큰 소리가 났어. 코코넛이 갈라지는 소리에 펑펑이 잠에서 깨고 말았어. 펑펑을 등진 채 냉장고 앞에 앉아 있는 스피노의 모습은…… 누가 봐도 수상했지.

"스피노, 거기서 뭐 해?"

스피노가 어색하게 웃으며 몸을 돌렸어. 산산조각이 난 코코넛이 스피노의 손에 들려 있고, 가슴 털은 축축하게 젖어 있었어.

"미안해, 펑펑. 배가 고파서 조금만 먹어 보려고 했는데 펑 터져 버렸어."

스피노의 배에서 꼬르륵 소리가 났어. 펑펑은 그만 참지 못하고 픕 웃어 버렸어.

"이렇게 된 이상 지금 당장 코코넛 빙수를 만들어 볼까. 스피노, 코코넛을 더 잘게 잘라 줘."

펑펑은 스피노가 잘게 자른 코코넛을 쭉 짜서 즙을 냈어. 그릇 위에 눈을 소복하게 쌓은 다음 달콤한 코코넛 과즙을 뿌렸어. 그리고 쫄깃한 코코넛 과육을 얹었지. 펑펑과 스피노는 코코넛 빙수를 하나씩 손에 들고

탁자에 앉았어.

그때 안경점 문 앞에 무언가 떨어지는 소리가 났어. 이번 주 『방방곡곡』이 도착한 모양이야. 펑펑은 얼른 잡지를 가지러 갔어.

"만국의 새 글이야!"

펑펑은 잡지를 뒤져 만국의 글을 찾아냈어. 만국의 긴 머리는 하나로 꽉 묶여 있었고, 빨간 부츠 대신 빨간 장갑을 끼고 있었지. 해맑게 웃고 있는 사진에서 만국의 목소리가 쩌렁쩌렁하게 울려 퍼지는 것 같았어.

✦만국일지✦

안녕하세요! 만 개의 국가……가 아니라, 만 개의 '국자' 만 국입니다. 하하, 깜짝 놀라셨죠. 제가 새로운 글로 돌아왔습 니다. 앞으로는 여행기 대신 여러 나라의 요리를 소개하고, 누구나 따라 하기 쉬운 조리법을 알려 드릴 거예요. 물론, 언 제든 다시 떠나고 싶으면 빨간 부츠를 신고 문을 나설 거지

만요. 그래서 처음으로 선보일 요리는 바로, 북극곰처럼 하
얀 크림스파게티입니다. 연어를 얇게 썰어서 올린 맛이 아주
일품이죠. 제가 아는 어떤 북극곰의 이름을 딴 '스피노 스파
게티'랍니다. 그 친구는 유명해지는 게 꿈이라고 하니 이 조
리법 많이 소문내 주세요!

새 학교의 친구들이 궁금해

독특한 머리를 한 손님이 찾아왔어. 긴 앞머리가 이마와 눈을 뒤덮어서 머리카락이 얼굴의 절반을 가리고 있는 것처럼 보였지. 손님은 안경점 안으로 들어오지 않고 우물쭈물하고 있었어. 손님 곁으로 다가간 펑펑이 손님의 팔을 톡 쳤어.

"땡!"

손님이 당황한 표정으로 펑펑을 바라보았어.

"너무 추워서 꽁꽁 얼어붙었을까 봐. '땡'은 긴장을

푸는 주문이거든."

펑펑 덕분에 손님의 긴장도 한결 풀린 것 같았어. 안

경점 안으로 들어온 손님이 드디어 입을 열었어.

"나는 노윤우야. 며칠 전에 이사를 왔어."

"나는 펑펑. 여긴 직원 스피노라고 해. 눈사람 안경점의 눈 안경으로 보고 싶은 건 무엇이든 볼 수 있어."

"곧 새로운 초등학교에 다니게 될 거야. 내가 보고 싶은 건, 전학 갈 반 친구들의 모습이야."

스피노는 기다렸다는 듯이 대답했어.

"얼른 만나고 싶어서 그렇구나! 나라도 그럴 거야. 궁금한 것투성이니까. 따뜻한 낮과 시원한 밤 중에서 무엇을 더 좋아하는지, 절로 어깨가 들썩거리는 노래가 뭔지, 어떤 해초가 맛있는지, 그리고 또⋯⋯."

스피노의 수다가 끝도 없이 이어질 것 같아서 펑펑은 얼른 윤우에게 물었어.

"혹시 털어놓고 싶은 고민이 있다면 말해도 좋아. 안경을 만들어 주는 게 우리의 일이지만 손님이 어디에도 말하지 못하는 속마음을 들어 주는 것도 꽤 중요하거든. 시력에 딱 맞는 안경이 필요한 것처럼 고민에 딱 맞는 안경이 필요한 법이니까."

자기소개
시키면…
어쩌지

아무도…
나한테
관심없으면
어쩌지

아무도 나한테…
말을 안 걸면
어떡하지

어떡해
어떡하지
…

윤우가 작은 목소리로 말했어.

"사실…… 친구를 사귈 수 있을지 걱정돼. 전에는 유치원을 같이 다녔던 친구들이 있어서 괜찮았는데, 아예 모르는 아이들만 있는 곳은 처음이거든."

"만남은 달콤한 동시에 짭짤한 법이지."

"달고 짭짤한 것의 조화라면 끊임없이 먹을 수 있어."

스피노가 입맛을 다시며 말했어. 윤우는 엉뚱한 말만 하는 펑펑과 스피노가 썩 믿음직스럽지는 않았지만 이 대로 그냥 돌아갈 수는 없었어. 며칠 전부터 점점 더 긴장되기 시작하더니 어젯밤에는 뜬눈으로 밤을 지새우고 말았거든. 새로운 친구들의 모습을 미리 보면 조금 나을지도 몰라.

"좋아, 그럼 안경을 만들어 볼게."

"이 스피노의 솜씨를 기대하라고."

펑펑과 스피노가 얼음 창고로 들어갔어. 펑펑은 눈을 뭉쳤어. 눈덩이를 조물조물 주물러 손바닥 모양 두 개를 만들었지. 윤우가 친구들에게 당당하게 손 내밀 수 있기를, 다른 친구들이 내민 손을 꽉 마주 잡을 수 있기를 바라면서.

스피노도 얼음을 갈아 렌즈를 만들었어. 처음 함께

일할 때는 너무 크거나, 너무 작게 렌즈를 깎는 바람에 안경테에 맞지 않기도 했는데, 어느덧 둘의 호흡도 척 척 맞았어. 스피노가 건넨 렌즈를 안경테에 끼운 뒤 펑 펑이 호 하고 입김을 불었어. 렌즈에서 영롱한 빛이 흘 러나오고 안경이 꽝꽝 얼어붙었지.

펑펑은 완성된 안경을 들고 윤우의 앞에 섰어.

"이 안경을 쓰면 돼."

윤우는 펑펑이 건넨 눈 안경을 썼어. 그러자 책상에

앉아 있는 아이들의 모습이 보였어. 윤우가 있던 학교는 한 반에 학생이 스무 명이었는데, 여긴 열 명쯤 되는 것 같았어. 교실 앞에서 선생님이 열심히 수업 중이었지만 아이들은 좀처럼 집중하지 못하고 힐끔힐끔 벽에 걸린 시계를 보고 있었어. 곧 쉬는 시간인가 봐. 잠시 후 아이들이 다 함께 자리를 박차고 뛰어나갔어.

눈 안경이 녹아내렸어.

"친구들의 모습은 어때?"

"다들 착해 보여. 서로 친한 것 같고."

"정말 잘됐다!"

하지만 윤우의 표정은 계속 좋지 않았어.

"더 걱정돼. 혹시 전학 온 나를 싫어하면 어떡하지?"

윤우의 말에 잠시 생각에 잠겼던 펑펑이 말했어.

"준비가 필요해."

"어떤 준비?"

"음, 쉬는 시간에 간식을 자주 먹는다면 새로운 맛 과자를 챙기고, 축구를 한다면 공차는 연습을, 유행하는 춤이 있다면 미리 외워 가는 거지."

스피노가 두 손을 허리에 척 얹으며 말했어.

"춤이라면 또 이 몸을 빼놓을 수 없는걸. 내가 가르쳐 줄게."

펑펑은 그런 스피노를 보며 어색하게 웃었어. 스피노는 열정은 넘쳤지만, 춤을 잘 추는 편은 아니었거든.

"안경으로 친구들이 무엇을 하는지 봤어?"

윤우는 눈을 감았어. 뛰어나가던 아이들의 모습을 다시 떠올렸어. 그러다 눈을 번쩍 뜨고 외쳤지.

"아, 농구! 농구공을 들고 있었어."

윤우도 농구를 해 본 적이 있었어. 문제는 윤우가 유난히 농구에 약했다는 거야. 왜인지 윤우의 손에 들어간 공은 힘이 없었어. 골대 근처에도 가지 못하고 픽 떨어지기 일쑤였지. 체육 시간에도 열심히 연습했지만, 실력은 제자리였어.

"하필 농구라니. 난 축구는 몰라도 농구는 자신 없거든."

펑펑도, 윤우도 깊은 고민에 빠진 그때 스피노가 아이디어를 내놓았어.

"무거운 공으로 연습을 해 보는 건 어때? 그럼 실제 농구공이 훨씬 가볍게 느껴질 거야."

"바로 그거야! 눈을 얼려서 공을 만드는 거지."

펑펑은 곧바로 눈을 뭉쳤어. 작은 눈덩이를 눈밭에 굴리고 굴려서 농구공만 한 크기로 만들었지. 마치 눈사람을 만들 때처럼 말이야. 그리고 입김을 호 불었어.

그러자 공은 속까지 단단하게 얼어붙어 묵직해졌어.

"앗, 차가워!"

윤우는 공을 손에 들었어. 두 손으로 겨우 들어야 할 만큼 무거운 얼음 공에서 반질반질 윤이 났어. 공이 녹으면 안 되니까 냉동실에 넣어 두었다가 한번, 다시 냉동실에 넣었다가 한번 연습하기로 했어.

"이걸로 매일 던지는 연습을 해 볼게."

윤우는 안경점을 떠나기 전, 안경값을 내는 것도 잊지 않았어.

"이건 우리 할머니가 직접 뜯은 쑥으로 만든 쑥떡이야."

"쑥떡! 콩가루랑 먹어도 맛있고, 설탕을 뿌려도 맛있지."

스피노가 침을 꿀꺽 삼켰어. 펑펑은 윤우에게 말했어.

"만남은 누구에게나 설레면서도 두려운 일이야. 너무 걱정하지 마."

윤우는 펑펑의 응원과 함께 공을 소중하게 들고 안경점을 나섰어.

잠시 후 안경점 안에 고소한 콩가루 냄새가 감돌았어. 펑펑은 콩가루를 잔뜩 뿌린 눈 위에 잘게 자른 쑥떡을 얹었어. 시원한 쑥떡은 쫄깃함이 최고였지. 쑥떡 빙수를 한 입 먹은 스피노가 말했어.

"통통한 연어보다도 고소하잖아!"

어느새 바닥이 보일 정도로 빙수를 싹싹 긁어먹은 스피노와 달리 펑펑은 먹는 둥 마는 둥이었어. 마음 한편에 걱정이 남아 있었거든.

'윤우가 친구를 잘 사귈 수 있을까…….'

하지만 이내 고개를 저으며 쑥떡 하나를 입에 넣었

어. 쑥의 향긋한 냄새 덕에 기분이 한결 나아졌어.

"너무 걱정하지 않아도 되겠지."

"펑펑, 갑자기 무슨 소리야?"

스피노의 털은 콩가루가 잔뜩 묻어 노랗게 변해 있었어. 펑펑은 스피노 입가의 콩가루를 털어 주며 또 알 수 없는 말을 했어.

"윤우가 너무 긴장하지 않았으면 좋겠어. 꽁꽁 얼어붙는 건 눈사람에게만 필요한 일이야."

며칠 후 윤우는 초조하게 시계를 바라보고 있었어. 이제 곧 1교시가 끝나면 쉬는 시간이 되고, 농구를 하게 될지도 몰라. 그동안 펑펑이 만들어 준 공으로 얼마나 연습했는지, 팔에는 호두만 한 근육도 생긴 것 같았어. 윤우의 눈에만 보이긴 했지만.

종이 울리자 한 아이가 윤우의 자리에 다가와 물었어.

"너, 농구할 줄 알아?"

윤우가 고개를 끄덕였어.

"그래? 그럼 같이 나가자."

윤우는 이리저리 뛰어다녔지만, 기회는 쉽게 오지 않았어. 그때 누군가 윤우에게 공을 던졌어. 윤우는 마침 골대 앞에 있었지.

"전학생, 받아!"

윤우는 공을 받아 위로 힘껏 뛰며 골대를 향해 던졌어. 훈련이 효과가 있었는지 공은 피구 공처럼 가벼웠어. 윤우의 손을 떠난 공은 포물선을 그리며 골대로 날아갔어. 모두의 시선이 공을 따라갔지.

"골!"

공은 시원하게 골대를 통과해 땅에 떨어졌어. 인생 첫 골은 예상보다 훨씬 짜릿했어. 윤우를 보는 눈빛들도 더욱 초롱초롱해진 것 같았지.

"너, 제법인데. 난 이지호야."

윤우는 멋쩍게 웃으며 앞머리를 가지런히 정리했어.

그 말이 얼어있던 윤우를 '땡' 하고 친 것처럼 마음이

몽글몽글해졌지. 마침 쉬는 시간이 끝나고 수업 종이

울렸어. 윤우는 지호의 뒤를 따라 교실로 달려갔어. 얼

른 다음 쉬는 시간이 오기를 바라면서.

지구의 미래가 궁금해

스피노가 지금보다 훨씬 작았을 때, 수박 두 개만 한 크기였을 때의 일이야. 볼록해진 배를 쓰다듬으며 누워 있던 스피노는 깜빡 잠이 들었어. 달콤한 낮잠을 자고 일어나 기지개를 켜던 그 순간, 스피노는 주위에 아무도 없다는 걸 알았어.

스피노가 자던 얼음이 큰 얼음덩어리에서 떨어져 나오면서 홀로 바다 위를 떠돌고 있었던 거야. 멀리서 스피노를 부르는 소리가 들렸어. 당황한 스피노는 앞발을

물에 살짝 담가 보았어. 깊은 물속은 까맣고 위험해 보였어. 선뜻 뛰어들 용기가 나지 않았지. 다행히 얼른 헤엄쳐 온 아빠의 등을 타고 다시 돌아올 수 있었지만, 그때 아빠가 했던 말을 스피노는 잊지 않았어.

"땅이 자꾸만 작아지고 있어."

그리고 지금 앞에 앉은 손님이 똑같은 말을 했어.

"땅이 자꾸만 좁아질 거야."

손님이 걱정하는 건 비록 북극곰을 위한 땅이 아니라, 펭귄을 위한 땅이긴 했지만. 손님은 펭귄 캐릭터가 그려진 티셔츠를 입고, 가방에 펭귄 열쇠고리를 달고 있었어.

"나는 김주아야. 제일 좋아하는 건 펭귄. 펭귄 다큐멘터리는 두세 번씩 봤지. 동그란 몸에 짧은 팔다리가 달린 게 너무 귀여워. 꼭 껴안으면 보들보들할 거 같아."

두 손을 가슴께에 가지런히 모은 스피노가 물었어.

"북극곰은 어때? 북극곰도 귀엽지 않아?"

"음, 북극곰은 좀⋯⋯."

주아의 반응에 스피노가 입을 삐쭉 내밀었어.

"북극곰이 펭귄보다 훨씬 깜찍한데."

"무슨 소리야. 뒤뚱뒤뚱 줄지어 걷는 펭귄이 얼마나 사랑스러운데."

펑펑이 스피노의 옆구리를 살짝 꼬집으며 주아에게 물었어.

"근데 무엇이 보고 싶어서 온 거야?"

"분명히 눈사람 안경점에서는 무엇이든 볼 수 있다고 했지?"

"응, 그렇지."

주아의 말투가 훨씬 진지해졌어. 펑펑도 침을 꼴깍 삼켰어. 너무 곤란한 주문을 하면 안경에 어떤 일이 벌어질지 모르니까.

"나는 지구의 미래가 궁금해."

"지구의 미래?"

"응, 지구의 온도는 매년 올라가고 있어. 삼십 년 후의 지구는 지금이랑 훨씬 달라질 거야. 남극의 땅도 줄어들고. 요즘 그 걱정 때문에 통 잠이 안 와. 수업을 듣다가도, 게임을 하다가도, 밥 먹다가도 딴생각에 빠져서 문제야."

펑펑도 만국의 글에서 얼핏 보았던 것 같아. 남극에 갔던 만국이 그곳의 모습을 사진에 담아 전달했었거든. 만국의 속상한 얼굴이 둥둥 떠올랐지.

"사실 그건 펭귄이 걱정되기 때문이잖아."

스피노가 여전히 뾰로통한 표정으로 말했어. 주아가 한숨을 내쉬었지.

"맞아, 어른이 되면 펭귄을 만나러 남극에 갈 거야. 그때 펭귄이 없으면 어떡해."

주아의 마음은 이해하지만 지구는 범위가 너무 넓어. 게다가 만에 하나 펭귄들이 사라졌다면 주아가 더욱 실망할 게 분명해. 펑펑은 고민 끝에 솔직하게 말하기로 했어.

"미래의 남극을 본다고 해도 그건 짧은 순간일 뿐이야. 그사이 어떤 일이 일어났는지 알 수 없어. 만약 삼십 년 후의 남극이 텅 비어 있더라도 펭귄들이 사는 곳이

바뀌었을지도 모르는 거니까.”

　“그렇구나…….”

　주아는 실망한 것 같았어. 펑펑도 주아의 고민을 해
결해 주지 못한 것 같아 마음이 무거웠지. 안경점 안이
유난히 더 춥게 느껴졌어.

　심통 난 얼굴로 팔짱을 끼고 있던 스피노가 말했어.

"쉽게 사라지지 않을 거야. 만나 본 적은 없지만, 얼음 위에서 살아가는 친구들은 강하니까."

스피노의 말을 들은 펑펑에게 좋은 생각이 떠올랐어. 펑펑은 스피노의 손을 잡고 얼음 창고로 이끌었어. 어리둥절한 주아를 두고 둘은 창고로 사라졌어.

"잠시만 기다려 줘!"

펑펑은 스피노를 창고 안으로 밀어 넣고 얼른 문을 닫았어.

"주아를 위해 펭귄 안경을 만들자. 주아가 펭귄이 되어 보는 거지."

"어째서?"

"펭귄의 눈으로 세상을 보면 주아의 마음이 한결 편해질지도 몰라. 스피노, 네가 말했잖아. 얼음 위에서 살아가는 친구들은 강하다고. 펭귄들이 얼마나 용감한지를 보여 주는 거야."

주아에게 단단히 삐진 스피노는 마음에 들지 않는 것 같았지만 마지못해 고개를 끄덕였지.

펑펑은 눈을 뭉쳤어. 동글동글한 눈덩이에 짤막한 날개와 다리를 달고 앙증맞은 부리까지 만들자 펭귄 모양의 안경테가 완성됐어. 스피노도 얼음을 깎았지. 평소와 달리 느리게, 아주 느리게.

펑펑은 얼음 렌즈를 안경테에 끼운 다음 호 하고 입김을 불었어. 남극까지 잘 보일 수 있게 두세 번 불었지.

펑펑은 펭귄 안경을 들고 주아의 앞으로 향했어.

"우아, 펭귄이잖아."

"나를 믿고 한번 써 봐."

주아가 안경을 썼어. 서서히 눈앞이 밝게 빛나더니 새하얀 바닥이 보였어. 눈이 부셔서 잠시 눈을 감았다가 떠야 할 정도였어. 주아는 깜짝 놀랐어. 주위에 온통 펭귄들이었거든.

'펭귄들이 사는 곳에 온 건가 봐.'

주아는 홀린 듯이 주위를 둘러보았어. 진짜 옆에 있는 듯 생생하게 느껴졌지.

그때 한 마리 새가 날아왔어. 도둑갈매기야! 펭귄을 잡아먹는 펭귄의 천적. 도둑갈매기는 근처에 홀로 있는 새끼 펭귄을 노리고 있었어. 구해 주고 싶었지만 주아는 그저 바라볼 수밖에 없었어.

'어떡해. 곧 잡아먹히고 말 거야!'

주아는 두 눈을 질끈 감았어. 살포시 눈을 뜨자 새끼 펭귄의 모습이 보이지 않았어. 수많은 펭귄이 새끼 펭귄을 에워싸고 있었거든. 가슴을 활짝 편 펭귄들이 똘똘 뭉쳐 도둑갈매기를 위협했어. 대단한 광경이었지. 아쉬운 듯 서성거리던 도둑갈매기는 하늘로 날아올라 사라졌어.

안경이 스르륵 녹아내렸어.

"펭귄들이 천적을 물리쳤어. 엄청 용감하게 말이야."

펑펑이 미소를 지었어.

"펭귄을 가까이서 본 소감은 어때?"

"신기했어. 귀엽기만 한 줄 알았는데 멋지기까지 해. 얼른 커서 펭귄들을 만나러 가고 싶어. 분명 그때까지 펭귄들은 살아남을 거야. 나는 내가 할 일을 해야지."

"할 일?"

"선생님이 말했어. 환경을 지키는 작은 습관이 펭귄들에게 도움이 된대. 플라스틱을 사용하지 않고, 물과 종이를 아껴 쓰고, 분리수거를 잘 하는 것들 말이야. 그리고…… 이 눈사람 마을의 비밀을 알아내는 것!"

"우리 마을의 비밀……?"

"응, 팥빙수산 꼭대기인 눈사람 마을만 늘 춥잖아. 어떻게 이곳만 그럴 수 있는지 아직도 밝혀지지 않았다고 들었어. 비밀을 알아내면 지구 온난화에도 도움이 될지 몰라."

펑펑은 팥빙수산의 눈이 녹지 않는 이유에 대해서 생각해 본 적이 없었어. 아주 오래전부터 늘 그래 왔으니까.

"나도 궁금하네. 언젠가 나에게도 알려 줘."

주아는 안경점을 떠나기 전 안경값도 잊지 않았어. 주아가 건넨 건 펭귄 모양의 젤리였지.

"고마워, 펑펑. 덕분에 힘이 솟아."

"도움이 되어 정말 다행이야."

늘 문 앞까지 손님을 배웅하던 스피노는 평소와 달리 안경점 구석에서 벽만 보고 있었어. 주아는 그런 스피노에게 외쳤어.

"스피노, 고마워! 북극곰의 매력도 알게 되었어. 아까 창고 문이 살짝 열려 있어서 보았는데, 발톱으로 렌즈를 깎는 모습 진짜 멋졌거든. 펭귄보다……는 아니지만, 이제부터 두 번째로 좋아하는 동물은 북극곰이야."

스피노는 눈물이 그렁그렁한 눈으로 주아를 바라보았어.

"펭귄 다음?"

펑펑은 아차 싶었어. 주아가 돌아가고 나서 상처받은 스피노의 마음을 어떻게 풀어 주어야 할지 머리가 지끈거렸어.

"정말 행복해. 물범보다도, 고래보다도 내가 좋다는 거잖아!"

주아에게 얼른 달려간 스피노가 주아를 덥석 안았어. 주아도 그런 스피노를 꼭 마주 안았지. 펑펑은 둘을 보

며 안도의 한숨을 내쉬었어.

주아가 떠난 뒤, 펑펑은 펭귄 젤리의 봉지를 뜯었어.
새콤달콤한 과일 향이 코를 찔렀어. 갈린 얼음 위에 파
란 소다 시럽을 두르고 펭귄 젤리를 하나하나 콕콕 박았

어. 알록달록한 펭귄들이 얼음 산을 오르는 것 같았지.

"나는 곱슬머리 북극곰 스피노~ 두 번째로 사랑받는 북극곰~"

아까부터 같은 노래만 흥얼거리던 스피노가 펭귄 빙수를 한가득 떠먹었어. 펑펑도 빙수를 먹었어. 온몸이 무지갯빛으로 변할 것 같은 맛이었지.

냉장고의 비밀

"이건 뭐지? 아, 지난번에 틀니를 찾아 주고 받은 찐 고구마구나. 조금 딱딱해지긴 했지만 먹을 수 있겠어."

펑펑은 아침부터 냉장고를 뒤적이고 있었어. 안경점 에 있는 냉장고는 손님에게 받은 식재료로 가득했지만, 신기하게 늘 조금씩 공간이 있어. 딱 새로 받은 재료를 넣을 정도만. 팥빙수산의 얼음이 안쪽 벽면을 둘러싸고 있어서 어떤 음식도 절대 썩지 않지. 그래도 가끔 이렇 게 정리해 줄 필요는 있어. 하지만 문제는…….

"펑펑, 벌써 한 시간째야. 정리한다더니 그냥 구경만 하고 있잖아."

펑펑은 냉장고를 정리할 때마다 재료와 손님을 추억 하느라 시간이 가는 줄 몰랐어. 스피노의 배는 벌써 여러 번 꼬르륵 소리를 내며 울었는데, 펑펑에게는 들리지 않는 것 같았지.

"냉장고는 내 보물 창고인걸. 드디어 정리 끝! 오늘 먹을 빙수 재료를 찾았어."

스피노가 몸을 벌떡 일으켰어.

"정말? 무슨 빙수인데?"

펑펑의 손에 들린 건 꽁꽁 언 붕어빵이었어. 생선 모양이라 더욱 군침이 돌았지.

"붕어빵을 준 손님은 줄이 끊어진 연이 어디까지 날아갔을지 궁금해했어. 연은 하늘을 돌고 돌아 어느 아파트 화단에 떨어졌고, 길고양이가 그 연을 덮고 따뜻

한 잠에 빠졌지."

평평은 손님의 말을 듣는 것뿐이었지만, 손님이 설명해 주는 광경은 늘 평평에게도 생생하게 그려졌어. 마치 같은 장면을 본 것처럼 말이야. 그때 누군가 안경점의 문을 두드렸어. 스피노가 문을 열자 낯익은 얼굴이 보였지.

"앗, 윤우! 전학 갈 학교의 친구들을 보고 갔었잖아. 잘 지내고 있어?"

"맞아, 얼음 공으로 훈련을 열심히 했더니 첫날 멋지게 골을 넣었지 뭐야."

어느덧 옆으로 다가온 평평이 물었어.

"친구들은 어때?"

"다들 좋아. 지호라고 농구를 엄청 잘하는 애랑 제일 친해졌는데, 덕분에 농구 실력도 많이 늘었어."

"정말 다행이야. 그런데 무슨 일로 찾아온 거야?"

펑펑의 말에 윤우가 잠시 뜸을 들이더니 말했어.

"이번에는 전학 오기 전에 다니던 학교의 친구들이 궁금해. 특히 제일 친했던 도훈이. 내가 없어도 잘 지낼까 걱정이 돼서."

"빙수 재료는 가져왔어?"

스피노는 기회다 싶었어. 윤우에게 안경을 만들어 주고 안경값으로 재료를 받으면 빙수를 먹을 수 있을 거야.

“당연하지. 오늘은 쑥떡 말고 시루떡을 가져왔어.”

윤우는 가방에서 작은 상자를 꺼내 펑펑에게 건넸어. 상자 안에는 네모난 흰 떡 위에 포슬포슬한 팥고물이 듬뿍 얹어진 시루떡 하나가 반듯하게 담겨 있었어.

“당장 작업 개시!”

스피노가 얼른 얼음 창고로 뛰어갔어. 펑펑이 시루떡을 탁자 위에 내려놓으며 말했지.

“여기 앉아서 기다리면 안경을 만들어 올게.”

잠시 후, 얼음 창고에서 펑펑과 스피노가 나왔어. 펑펑의 손에는 눈 안경이 들려 있었지. 안경은 지난번과 똑같은 손바닥 모양이었어.

“저번에 만든 안경이랑 똑같은데? 펑펑, 헷갈린 거 아니야?”

“그럴 리가. 일단 한번 써 봐.”

윤우가 안경을 쓰자 곧 눈앞에 반가운 얼굴들이 보였

어. 오랜만에 도훈이의 얼굴을 보자 울컥 눈물이 날 것 같기도 했지. 도훈이는 무엇이 그렇게 웃긴지 책상을 탕탕 치며 웃고 있었어. 윤우가 전학 가기 전 모습과 다를 게 없었지. 딱 하나, 함께 웃던 윤우가 도훈이 옆에 없다는 것만 빼면.

곧 안경이 녹아내렸어.

"기분이 이상해. 내가 없어도 똑같은 도훈이를 보니까 서운한 것 같아."

펑펑도, 스피노도 어떤 위로의 말을 전하면 좋을지 몰라 아무 말도 하지 못했어.

"펑펑, 근데 왜 똑같은 모양의 안경을 준 거야?"

"아, 저번에는 친구들과 첫인사를 잘 나누길 바라며 만들었어. 그리고 이번에는 윤우 네가 남은 친구들에게 흔들 손을 생각하며 만들었고."

"그렇구나."

잠시 생각에 잠겼던 윤우가 말했어.

"역시 도훈이도, 다른 친구들도 잘 지냈으면 좋겠어.

나도 새로운 친구들이랑 친해졌잖아. 나는 즐거우면서

도훈이는 슬프길 바라는 건 불공평해."

펑펑도 그제야 편히 웃을 수 있었어. 윤우는 한결 홀가분해진 표정으로 안경점을 떠났어.

"펑펑, 우리는 이제 시루떡 빙수를 먹어 볼까?"

"그래. 딸기 잼을 얹으면 팥고물이랑 잘 어울릴 것 같아. 딸기 잼을 어디 두었더라. 아, 잠깐. 이건 귀걸이 한쪽을 잃어버렸던 손님이 준 블루베리잖아. 침대 아래에서 귀걸이 한쪽, 양말 한쪽, 장갑 한쪽도 같이 발견해서 크게 웃었지."

또 시작이야. 스피노는 다시 바닥에 누웠어. 푹 퍼진 스피노가 힘없이 말했어. 냉장고 속에 몸을 반쯤 넣은 펑펑에게는 들리지 않는 것 같았지만.

"펑펑, 냉장고와 그만 이별하는 게 어떨까……."

펑펑의 말

안녕! 나는 펑펑이야. 이번에도 눈사람 안경점에 여러 손님이 다녀갔어. 첫 골을 완벽하게 성공한 윤우는 농구에 푹 빠졌어. 요즘은 덩크 슛을 연습하고 있다고 했지. 주아는 눈사람 안경점에 다녀간 이후 바쁜 나날을 보내고 있대. 아침에 일찍 집에서 나와 등굣길에 쓰레기를 줍고, 분리수거를 하는 날에는 경비 아저씨를 돕기도 한대.

하지만 뭐니 뭐니 해도 가장 놀라웠던 건 만국이 찾아온 거야. 항상 만국과의 만남을 꿈꿔 왔는데 눈사람 안경점의 손님으로 찾아올지 누가 알았겠어. 만국이 여행을 멈춘 건 조금 아쉽지만, 요리사인 만국도 정말 멋져! 이건 비밀인데 가끔 긴 머리를 휘날리는 내 모습을 상상하곤 해.

매일 아침에 눈을 뜨면 설레. 어떤 손님이 올지, 어떤 이야기를 들려줄지, 어떤 빙수 재료를 가져다줄지 기대되거든. 하지만 마음 한편에는 이런 생각들이 스물스물 피어올라. 안경을 만들어 줄 수 없으면 어쩌지? 안경을 만들다가 실수하면 어쩌지?

안 좋은 생각이 계속 이어질 때면 처음 눈사람 안경점의 문을 열던 날을 떠올려. 한시도 가만히 있지 못하고 창밖을 내다보았지. 작은 소리라도 들리면 귀가 쫑긋, 심장이 쿵쾅쿵쾅 뛰었어. 그렇지만 긴장도 잠시, 손님과 나눈 대화는 따뜻했고 손님에게 꼭 맞는 안경을 만들어 준 뒤에는 얼마나 뿌듯했는지 몰라. 그때를 떠올리면 무엇이든 할 수 있을 듯한 힘이 생겨.

시작은 늘 어려워. 해 보지 않은 일은 낯설지. 또 다른 꿈에 도전하는 만국도, 새로운 친구들과 만난 윤우도, 단단한 목표를 세운 주아도 쉽진 않을 거야. 그럴 땐 이미 지나온 시작을 떠올려 봐. 초등학교에 입학하던 순간, 자전거를 배우던 순간, 당당하게 통과한 너만의 첫 순간을! 그러면 두려움은 작아지고, 마음 깊은 곳에서부터 자신감이 차오를 거야. 그래도 용기가 나지 않는다면 펑펑의 주문을 외워 봐.

모든 일은 생각하는 대로 흘러간다!

앗, 스피노가 또 배고프대. 저렇게 쉬지 않고 움직이니까 금방 배고프지. 스피노는 노래와 춤 연습을 더욱 열심히 하고 있어. 다음에 주아만을 위한 특별 공연을 선보일 거래. 두 번째로 사랑받는 북극곰의 자리를 지키기 위해서라나 뭐라나. 또 어떤 손님이 찾아올까? 혹시 너도 보고 싶은 장면이 있어? 그렇다면 눈사람 안경점을 찾아 줘. 스피노와 나는 언제나 너를 기다리고 있으니까!

2025 봄

펑펑

여기서 끝이 아니야!

숨은 물건 찾기

34면, 35면 그림에 숨겨진 물건들을 찾아 봐!

망원경 숟가락 배낭 빨간 장화 포크

펑펑과 함께 하는 비밀 활동

숨은 동물 찾기

64면에서 펭귄 사이에 숨은 다른 동물을 찾아 봐!

정답